martine

Une amie pour la vie !

5
HISTOIRES

casterman

martine
est malade

martine
fait la cuisine

martine
à l'école

martine
protège la nature

martine
et le prince mystérieux

martine
est malade

GILBERT DELAHAYE - MARCEL MARLIER

Il a neigé. Le vent siffle. Les oiseaux tremblent de froid.

Martine aime jouer dans la neige avec Patapouf. Mais elle a eu tort de ne pas se couvrir comme maman le lui avait demandé.

Vraiment, Martine a été imprudente.

C'est ainsi qu'on prend froid sans y penser.

Maman dit toujours : « Chausse tes bottes. Mets ton manteau pour aller jouer dans la neige ! »

Et chaque fois, Martine oublie ces bons conseils.

Quand elle rentre à la maison, elle frissonne, elle est toute mouillée. Maman lui enlève ses chaussures et ses bas, met sécher ses vêtements, la frictionne pour la réchauffer.

– J'ai bien peur que demain tu ne sois malade !…

Maman ne s'est pas trompée. Le lendemain matin, Martine ne se sent pas bien. Justement ses amis avaient décidé de s'amuser ensemble.

– Nous allons faire une partie de luge, crie un garçon. Tu viens avec nous, Martine ?

– Il y a longtemps que nous t'attendons, ajoute une fille.

– J'ai mal à la gorge. Je ne peux pas sortir, répond Martine à la fenêtre.

– C'est dommage !… Nous reviendrons une autre fois.

Martine tousse. Elle a de la fièvre et ne peut pas quitter son lit. Elle aimerait se lever pour aller en classe, étudier, courir, s'amuser comme tout le monde. Mais ce n'est pas possible.

– Je vais téléphoner au docteur, dit Maman. Heureusement qu'elle est là pour soigner Martine !

Martine s'est endormie. Elle fait un rêve sans queue ni tête. Cela arrive quand on a de la température.

– Voulez-vous danser, petite ?

Un petit homme lui sourit, tout de blanc. C'est un bonhomme de neige ! Il lève le bras et la musique se met à jouer.

– Arrêtez, arrêtez, je vous en prie, demande Martine ; j'ai la tête qui tourne !

Par la porte entrebâillée, Patapouf et Moustache sont entrés dans la chambre :

– Martine rêve tout haut, dit Moustache. Elle doit être malade pour de bon…

– Oui. Et elle fait sûrement un cauchemar.

Patapouf aboie :

– Réveille-toi, Martine, réveille-toi !

Voici le docteur.

Martine le connaît bien : c'est un ami de la famille.

Il ausculte Martine, examine sa gorge, écoute battre son cœur et souffler ses poumons.

– Je vais te prescrire des cachets et du sirop. Tu as attrapé une bonne bronchite. Il faut que tu sois patiente, dit-il en rédigeant son ordonnance. N'est-ce pas, Martine ? Je reviendrai bientôt te dire bonjour. Et tu verras, tu seras vite guérie si tu fais bien ce que je te dis. Au revoir !

Jean est allé chercher les médicaments chez le pharmacien.

Maman aide Martine à les prendre.

– Ce sirop, je dois vraiment le boire ? demande Martine qui fait la grimace.

– En voilà une question !… Comment veux-tu que la toux s'arrête ?

– Et ces cachets, à quoi servent-ils ?

– À faire tomber la fièvre.

– Quand serai-je guérie ?

– Bientôt, Martine… Tais-toi donc un peu. Repose-toi maintenant…

Plus rien ne bouge dans la chambre de Martine.
À la porte, grand-père écoute pour s'assurer qu'elle dort calmement.

Moustache et Patapouf voudraient entrer.
– Je me ferai léger sur les couvertures, dit le chat.
– Moi, je resterai sur le tapis, promet Patapouf.

– Non, non et non, vous n'entrerez pas ! Il faut laisser dormir Martine.
Le repos, c'est le meilleur remède.

La fièvre aujourd'hui a presque disparu.
– Grand-Père, est-ce que je peux me lever ?
– Pas encore, Martine. Tu dois rester quelques jours au lit.
– Où sont Patapouf et Moustache ?… Quand vais-je retourner à l'école ?

– Sois donc raisonnable… Tu veux que je te raconte une histoire ?
Écoute : « Le secret de maître Cornille »…

Au bout d'une semaine, Martine va beaucoup mieux. Elle lit, elle dessine, mais elle ne peut pas encore aller à l'école.

Les journées sont longues.

Ses amis se demandent :

– Comment va Martine ?

– Si nous lui rendions visite ?

– Oui, cela lui fera sûrement plaisir !

Tous ensemble, ils sont venus lui apporter des friandises et des livres de la bibliothèque de l'école.

Ce matin, le facteur apporte une lettre pour Martine. Une lettre de la tante Lucie ! Et dedans, une jolie carte illustrée où il est écrit :

J'ai appris que tu es malade,
chère petite Martine. J'espère
que ce n'est pas trop
grave. Je t'invite à venir
passer quelques jours à
la maison aussitôt que
tu seras guérie.
Donne-moi vite de
tes nouvelles.
Je t'embrasse.
Tante Lucie.

C'est dimanche. Puisque Martine ne peut pas encore sortir, elle regarde la télé avec Papa et Patapouf.

Il y a un dessin animé pour les enfants : « Titus le chat ».

Après quoi passe le film « Sur la piste des coyotes ».

– Attention, voilà les Indiens ! s'écrie Patapouf. Ils vont sûrement courir après nous !

– Mais non, gros bêta, ce ne sont que des images !

– Ah ? Comment fait-on pour les enfermer dans cette boîte ?

Le temps paraît long quand on est malade…

Comme ce serait amusant de courir sur la pelouse avec Moustache et Patapouf, ou de flâner sous les arbres ! Dehors, les oiseaux jouent à cache-cache. Le rouge-gorge jette un coup d'œil par la fenêtre :

– Qu'est-ce que tu attends, Martine ? Viens !

– J'attends le soleil, les beaux jours… Crois-tu que le printemps arrive ?

– Aussi sûr que je suis là, l'hiver s'en va, les ennuis s'envolent.

Il y a plein de jonquilles et de tulipes dans le jardin.

Tu verras, tu verras, dit le rouge-gorge.

Et, vous savez, le rouge-gorge ne se trompe jamais.

Cette fois, le docteur a examiné Martine :

– Tu vas beaucoup mieux, a-t-il dit, mais gare aux refroidissements !

Alors, Martine écrit sa réponse à tante Lucie :

Chère Tante, le docteur est revenu me voir. Pour la dernière fois, j'espère ! Il a dit que je suis guérie. Dès que le beau temps sera de retour, je pourrai sortir ! Je suis en convalescence. Viens vite me chercher ! Gros baisers. À bientôt.

Martine prépare sa
prochaine sortie…
Choisit une robe.
L'essaie devant le miroir.
Elle fait sa toilette.
Où a-t-elle mis ses
chaussures ?…
Et son parapluie ?
À quoi bon ?
S'il pleut, elle ne sortira
sûrement pas.
– Demain, il fera beau,
a dit le rouge-gorge.
Et si le rouge-gorge s'était trompé ? Si le printemps était en retard ?

Le rouge-gorge, se tromper ? Allons donc !

Aujourd'hui, le soleil est au rendez-vous, un soleil à mettre dehors toutes les violettes. Jamais on n'a vu une aussi belle journée de printemps !

Ah ! se sentir comme un oiseau ! C'est tellement agréable !

Et tout le monde est si heureux que Martine soit enfin guérie !...

Tiens, qui donc donne ces coups de klaxon ?

C’est tante Lucie qui arrive avec sa voiture :

– Ma petite Martine, vite je t’embrasse. J’ai bien reçu ta lettre. Tu sais, je me suis fait du souci pour toi. Je suis si contente de te revoir, si contente ! Mais comme tu es pâle !... Une semaine à la campagne, voilà ce qu’il te faut pour te rétablir tout à fait. Mets ton cache-nez, nous partons. Tu verras qu’on ne s’ennuie pas chez tante Lucie !

martine fait la cuisine

GILBERT DELAHAYE - MARCEL MARLIER

Pour sa fête, Martine a reçu de sa marraine un livre de cuisine de recettes savoureuses. Elle est impatiente d'en essayer quelques-unes, pas trop difficiles et puisque les vacances sont là… Mais elle n'est pas très sûre de réussir du premier coup. Mieux vaut demander conseil à maman.

– Tout d'abord, dit la maman de Martine, il faut bien respecter les quantités indiquées dans ton livre. Pour cela, tu devras te servir de la balance, du verre à mesures, d'une cuillère à soupe et d'une cuillère à café.

Maman inscrit dans le cahier de Martine le petit tableau que voici :
Un grand verre = 2 dl (décilitres) ou 20 cl (centilitres) ou 200 g (grammes) ;
une cuillerée à soupe = 25 g ;
Une cuillerée à café = 5 g.

Par exemple, pour mesurer la cuillerée à soupe de farine, tu remplis la cuillère ; ensuite, avec un couteau, tu fais tomber ce qui dépasse des bords.

Pour bien réussir les recettes de cuisine, le temps a aussi beaucoup d'importance. Ainsi, il faut trois minutes pour cuire un ŒUF À LA COQUE. Trois minutes dans l'eau bouillante, ni plus ni moins. Quand l'œuf est cuit, on enlève un bout de sa coquille, on le pose dans le coquetier, on lui coupe un petit chapeau… Le jaune est juste à point ! C'est utile, n'est-ce pas, de savoir cuire un œuf à la coque lorsque maman n'est pas là et que bébé a faim.

Le parfait « cordon-bleu » doit faire preuve d'imagination, de savoir-faire… et aussi de patience ! C'est qu'il en faut, de la patience, pour écosser avec maman un kilo et demi de petits pois… pour cinq personnes : papa, maman, Martine, Jean et le cousin Frédéric !

– Moi, je les trouve amusants, les petits pois, se dit Moustache. En voilà un qui rebondit sous la table. Un autre se cache dans une chaussure… Un troisième roule dans un coin…

– Attention, Martine, range bien les boîtes ! Sinon, gare au sucre dans le potage et au sel dans le chocolat… Et surtout, ne sois pas distraite !

– Cette patte de lapin est à moi, déclare Patapouf.

– Non, à moi, réplique Moustache en colère.

– Voulez-vous rester tranquilles, se fâche Martine.

Pendant ce temps, sur la cuisinière, le lait, qui ne demande qu'à faire des bêtises, s'enfuit.

Heureusement, il en reste assez pour le pain perdu…

– Le PAIN PERDU, explique maman, est une recette facile et pas chère du tout. Pour une personne, il suffit de deux tranches de pain – d'un œuf – d'un peu de lait dans une assiette creuse, de sucre, de vanille et de beurre.

1. Tu enlèves la croûte des tranches de pain si elle est trop dure.
2. Tu passes chaque tranche une première fois dans le lait sucré et vanillé ; une deuxième fois dans l'œuf entier battu.
3. Tu fais fondre le beurre dans une poêle.
4. Tu fais dorer le pain perdu des deux côtés. Tu sers chaud avec du sucre blanc ou roux.

– À midi, nous mangerons du poisson, c'est certain, se dit Moustache. Cela se devine à l'odeur. Et puis, Martine a déjà préparé un œuf pour la mayonnaise.

Roussette l'a pondu exprès et Martine est allée le chercher avec Patapouf au poulailler. Un bel œuf bien frais… lisse comme une boule de billard.

– Comment réussir une MAYONNAISE ? Ce n’est pas compliqué, dit maman. Il faut : un jaune d’œuf – une cuillerée à café de moutarde – du sel, du poivre – une cuillerée à soupe de vinaigre – de l’huile.

1. Dans un grand bol, tu mélanges vivement le jaune d’œuf + la moutarde + un peu de sel et de poivre.

2. Tu verses petit à petit l’huile en tournant. La mayonnaise devient épaisse.

3. Tu continues ainsi jusqu’à ce que tu aies la quantité nécessaire et tu ajoutes le vinaigre.

Il a bien fallu mettre Patapouf et Moustache à la porte. Pensez donc, ces deux-là ne rêvent que chapardage et mauvais coups.

– Si on rentrait par la fenêtre ? propose Patapouf.

– Tu n'y penses pas. C'est bien trop dangereux, répond Moustache. N'as-tu pas entendu ? Martine a dit : « Pour le dessert, il y aura des *éclairs*… »

– Oui, dit Patapouf qui aime faire peur à Moustache. Elle a même ajouté : « Et il y aura aussi des *langues de chat*… »

– Dans ce cas, je file… Je ne tiens pas à faire les frais du dessert !

Martine ne se lasse pas de feuilleter son livre de cuisine.

– Oh, maman, regarde, la recette de la MOUSSE AU CHOCOLAT ! Si j'essayais… C'est délicieux, la mousse au chocolat !

– Tu n'as qu'à suivre attentivement les indications de ton livre : par personne, prévoir une barre de chocolat fondant – un œuf – une demi-cuillerée à soupe de sucre en poudre – une cuillerée à café de beurre.

1. Chauffer doucement le chocolat avec un petit peu d'eau et le délayer avec soin.
2. Dans un autre plat, séparer le jaune d'œuf du blanc.
3. Au jaune, ajouter le sucre en poudre, battre avec le fouet pour obtenir une mousse.
4. Ajouter : le chocolat fondu, le beurre ramolli, le blanc d'œuf battu en neige.
5. Verser dans des coupes et servir très frais avec des biscuits appelés… langues de chat.

Ce matin, maman a rapporté du marché un kilo de reinettes. Exactement les fruits qui conviennent pour préparer des pommes glacées. Avant tout, il faut faire fondre du sucre. Martine s'en occupe. Mais soudain…

– Regarde ce que je viens de trouver au grenier ! dit Jean qui entre en coup de vent dans la cuisine.
– Oh, le joli polichinelle ! Tu me le donnes ?
Et le jus de sucre, oublié sur la cuisinière, se met à bouillir, à bouillir… Si maman n'était pas arrivée, il aurait brûlé dans la casserole.

Voici la recette des
POMMES GLACÉES
(quatre personnes) :

4 pommes (reinettes de préférence)
– 10 à 15 morceaux de sucre blanc.

1. Faire fondre le sucre dans 2 dl d'eau.
2. Faire bouillir le jus. Lorsqu'il forme de petites boules, y placer les pommes pelées et vidées au vide-pomme. Mettre à cuire sous un couvercle et surveiller la cuisson : les pommes doivent rester entières.
3. Les placer une à une sur un plat.
4. Laisser épaissir le sirop et le verser sur les pommes.
5. Glacer au frigo.

C’est le jour des confitures. On a cueilli toutes les fraises du jardin et tante Alice est venue à la maison donner des conseils. Car personne dans la famille ne réussit les confitures de fraises aussi bien que tante Alice.

CONFITURE DE FRAISES (recette de tante Alice) : 1 kg de fraises (fraîches et mûres à point) – 1 kg de sucre.

1. Laver rapidement les fraises (elles ne doivent pas séjourner dans l'eau). Laisser égoutter. Enlever les queues et couper les fraises en petits morceaux. – 2. Les mélanger au sucre dans la bassine et chauffer jusqu'à ébullition. – 3. Laisser cuire pendant 4 minutes. – 4. Mettre en pots. – 5. Fermer les pots avec de la cellophane maintenue par un élastique.

Pour faire les CRÊPES, la plus habile, c'est Martine… Enfin, c'est-à-dire… Maman l'aide beaucoup ! Préparer la pâte à crêpes n'est pas une mince affaire. Essayez vous-même.

Pour quatre personnes, il faut : 250 g de farine – 4 œufs – une pincée de sel – 50 g de beurre ramolli – un demi-litre de lait – une noix de levure.

a) *Préparation de la pâte :* 1. Mettre la farine dans un plat creux. – 2. Faire une fontaine au centre de la farine et y déposer les jaunes d'œufs, le sel et le beurre. – 3. Mélanger le tout et délayer en versant le lait tiède. – 4. Ajouter la levure (délayée auparavant dans un peu d'eau ou de lait tiédis) et les blancs d'œufs battus en neige. – 5. Déposer la pâte semi-liquide près d'une source de chaleur et la laisser lever.

b) *Cuisson :* 1. Graisser une poêle, la chauffer très fort. – 2. L'enlever un moment du feu et verser une mince couche de pâte. – 3. Laisser roussir. – 4. Retourner la crêpe avec une spatule ou, si vous êtes adroite comme Martine, en la faisant sauter dans la poêle. – 5. Servir chaud saupoudré de sucre blanc ou roux. On peut présenter les crêpes roulées après les avoir garnies de confiture.

C’est dimanche. On a invité les grands-parents de Martine à venir dîner en famille. Car ils sont curieux de goûter les petits plats que Martine prépare si bien, paraît-il…
Justement, Martine sert un de ces potages aux poireaux comme grand-père les aime.
– Mmm… Bravo, Martine, c’est délicieux ! dit-il. Dès demain, tu auras les jolis coquetiers que je t’ai promis.

Et après quelques mois d'exercices, Martine sait vraiment cuisiner toute seule.
Bien sûr, il y a des mets compliqués qui demandent beaucoup de savoir-faire et que seule maman peut réaliser. Mais tout de même, Martine est devenue un petit cordon-bleu à sa manière.
Avec un peu de patience et si vous suivez les conseils de votre maman, vous pourrez, vous aussi, réussir des recettes simples. Tout le monde à la maison sera surpris de vos progrès… et se régalera !

martine à l'école

GILBERT DELAHAYE - MARCEL MARLIER

Lundi matin : dans la cour de l'école,
les conversations sont animées.

– Ce week-end, on a fait une énorme promenade à vélo.

– Moi, je suis restée à la maison, on s'est déguisés avec de vieux vêtements de mammy pendant que papa regardait la télévision.

– Montre ce que tu as dans ton panier, demande Martine à Stéphanie.

– C'est une souris blanche que j'ai gagnée à la foire.

– Une vraie ?

Martine n'a pas le temps d'interroger davantage son amie. La maîtresse appelle avec insistance les retardataires.

Chacun range ses affaires dans le vestiaire.
– Je vais cacher ma souris au-dessus de l'armoire, dit Stéphanie.
– Tu ferais mieux de garder cette bête à la maison. Ici, tu risques d'avoir des ennuis.
– Je ne peux pas à cause de mon chat. Mais, ce soir, j'irai la porter chez mon cousin Nicolas.

– C'est toi la nouvelle ? demande Martine.
– Oui, je m'appelle Cynthia… Je suis un peu perdue, tu sais.
– La classe est au fond du corridor. La maîtresse est sympa. Tu verras… Suis-moi. Je vais te guider.

– Voici Cynthia, dit Martine en entrant dans la classe avec la nouvelle élève.
Dans la classe, c'est un peu la fête. On l'attendait avec impatience. Quelques jours plus tôt, la maîtresse avait annoncé son arrivée.
– C'est une Indienne, dit François à l'oreille de Laurence.
– Tu n'en sais rien !
– Ça se voit bien !... La maîtresse nous en a parlé l'autre jour. Évidemment, tu n'as pas écouté !
– Cynthia, voici tes nouveaux compagnons : Martine, Stéphanie, François, Laurence... toute la classe, dit la maîtresse.
– Est-ce que Cynthia peut s'asseoir à côté de moi ?

– Oui. Mais il faudra que tu lui expliques un peu la vie de la classe... Maintenant regagnez vos places.
Nous allons commencer par la leçon de géographie et poursuivre notre découverte du monde. Qui sait où se trouve l'Inde ?
– L'Inde se trouve en Asie, mademoiselle.
– Veux-tu nous montrer ce pays sur le globe terrestre ?
– C'est ici, près de la Birmanie.
– L'Inde, c'est loin ? demande Martine.
– Bien sûr ! Il faut prendre l'avion pour y aller.

INDE
MALDIVES
SRI LANKA

Près de l'école se trouve la bibliothèque publique. L'institutrice y emmène régulièrement ses élèves. Ici, on ne s'ennuie jamais. Dans la salle de lecture, on trouve des albums, des romans, des livres de science, des revues. Tous ces ouvrages sont numérotés, enregistrés, rangés dans les rayons.

On s'inscrit à l'entrée, auprès de la bibliothécaire :

– Pas tous en même temps, voulez-vous…
Un peu de patience !

Martine aimerait emporter tous les livres de la bibliothèque.

– Il est chouette, celui-là. C'est une encyclopédie.

– Celui-ci, je l'ai lu. Il te plaira sûrement.

À la récréation, tous les élèves se retrouvent dans la cour…
Tiens, un petit qui pleure !
– Qu'est-ce que tu as ? Tu es tombé ?
– J'ai perdu mon ticket. Je ne pourrai pas déjeuner à la cantine.
– Ne t'inquiète pas. Tu vas le retrouver. Tu verras…
Et toi, Sébastien,
tu as mal à la tête ?…

– Je garde mon bonnet parce que j'ai toujours froid.
– Eh bien ! ne reste pas là, gros bêta ! Va donc jouer avec tes camarades. Ça te réchauffera. La récréation, c'est fait pour ça !
– Viens dans la ronde, viens vite, Martine ! dit Cynthia.
– François, David, Stéphanie, donnez-vous la main. Nous allons passer sous le pont. Par ici, par ici… suivez la chenille !

Finie, la récréation ! La maîtresse explique aux enfants le nouveau travail qu'ils auront à réaliser :

– Nous allons écrire une lettre au directeur du journal pour lui demander l'autorisation de visiter son imprimerie.

– Vous croyez que nous obtiendrons une réponse ?

– Est-ce que nous verrons comment on imprime le journal ?

– Cela dépendra de la façon dont vous rédigerez votre demande. Vous devez lui expliquer clairement ce que vous désirez : c'est le sujet de votre lettre. N'oubliez pas de terminer par une formule de politesse. Vous préparez le brouillon par groupes. Quand vous aurez terminé, nous choisirons les meilleurs textes. D'accord ?

Écrire une lettre, ce n'est pas si simple. Et pourtant, les idées ne manquent pas, mais François et Valérie ne sont pas d'accord sur le choix des mots.
– Il ne faut pas bouder, François ! Si tout le monde boudait, on ne pourrait plus travailler ensemble, dit la maîtresse.
Elle examine les copies et corrige les phrases boiteuses. Le brouillon terminé, il s'agit de recopier le texte. Valérie, qui a une belle écriture, fera cela très bien. Il ne restera plus qu'à rédiger l'adresse correctement sur l'enveloppe, sans oublier le code postal.

Bien sûr, en classe on fait du calcul, de la géographie, des dictées mais aussi du bricolage, des mimes et deux fois par semaine, de la gymnastique.

– Attrape le ballon, Martine ! Non, pas comme ça. Avec les deux mains. Tu y arriveras, c'est une question d'entraînement.
– Allez, allez… Au suivant ! c'est un exercice qui exige de la souplesse.
Emmanuel ne participe pas au cours cette semaine, parce qu'il a le bras fracturé. Il a été renversé par une moto.

À midi, on déjeune à la cantine. Chacun va chercher son plateau sur le comptoir : l'assiette garnie, les couverts, le pain… sans oublier le verre ni la paille pour boire un jus de fruit.

– Tu as une nouvelle copine ?

– Elle s'appelle Cynthia, répond Martine.

– Et ce ticket ?… Tu l'as retrouvé, Frédéric ?

– Oui, merci. Il était dans ma trousse.

– Ce garçon, que lui est-il arrivé ?

– Il s'est fracturé le bras. Il ne peut pas couper sa viande lui-même.

Cet après-midi, la classe est très excitée.
Les petits et les grands se réunissent en atelier collectif.
– Nous allons travailler un poème de Prévert, propose la maîtresse.
Et ensuite nous l'illustrerons avec des dessins. Qui veut le raconter ?
Personne ?…

– Je veux bien essayer, dit Martine.
– Parfait. Nous t'écoutons…
– C'est l'histoire de deux escargots qui vont à l'enterrement d'une feuille morte. Cela commence en automne. La pluie tombe. Le vent gémit. Dans le verger, les arbres sont en deuil.
– Que se passe-t-il ensuite ?
– Les escargots prennent le car pour Paris.
– Le car pour Paris ! En voilà une idée !
– Ils sont en retard. La route est longue… Quand ils arrivent, c'est déjà le printemps… Mais oui, le printemps !
– Évidemment, des escargots !… Et alors ?
– Alors, les feuilles qui étaient mortes sont toutes ressuscitées. Le soleil invite les escargots à s'asseoir. On trinque avec les amis des bois et des champs. Il y a des couleurs partout. C'est la fête.

Ainsi s'achève l'histoire des deux escargots. Il ne reste plus qu'à se mettre à l'ouvrage. Où est la gouache pour colorier le verger, les arbres, les animaux ? Attention, gare aux taches ! Les artistes en herbe confectionnent des tabliers avec des sacs en plastique. Ainsi leurs vêtements resteront propres…
Une fillette dessine des animaux curieux : les escargots ont des antennes qui ressemblent à des tulipes. Cynthia dessine l'autocar des escargots. Il est jaune. Il n'avance pas vite, la route monte, monte.

François découpe les décors dans un prospectus : une maison avec un toit rouge et un verger tout autour. Les feuilles tombent : des jaunes, des rousses, des brunes.

Martine préfère le printemps, à cause des fleurs et des oiseaux.

– Est-ce qu’on peut emporter son dessin à la maison, mademoiselle ?

– Moi aussi, j’aimerais le montrer à maman.

– Bien sûr !… Nous allons exposer les travaux en classe. Ensuite, vous pourrez les ramener chez vous.

Rangez tout dans vos cartons et rincez vos pinceaux. Il fait un temps magnifique. Profitons-en pour descendre à la rivière. Nous observerons ce qui se passe au bord de l'eau. Vous prendrez des notes dans votre cahier de rédaction…

– Est-ce qu'on pourra pêcher des épinoches, mademoiselle ? demande François.

– Et des grenouilles ? ajoute Frédéric. J'en ai vu l'autre jour dans les roseaux. Elles ont des yeux comme des billes. Elles font des bulles et plongent pour attraper les insectes… plouf !

– Il faudra les remettre à l'eau. Sinon, plus d'œufs, plus de grenouilles, dit la maîtresse.

– Pourvu qu'on trouve des têtards !
Nous les rapporterons à l'école.
On les mettra dans l'aquarium et, quand ils auront grandi, nous les reverserons à la rivière.
Les têtards sont amusants.
Ils zigzaguent. Ils frétillent.
Ils ne restent jamais tranquilles.
– Qui va nettoyer l'aquarium ? Qui va renouveler l'eau régulièrement ? Si personne ne le fait, les têtards vont manquer d'oxygène et ils mourront, rappelle l'institutrice.
– Nous ferons le nécessaire. C'est promis, dit Martine.

La sonnerie retentit : c'est fini pour aujourd'hui.
Les enfants rangent rapidement leurs affaires.
Il ne faut rien oublier, surtout pas son journal de classe ; sinon, pas moyen de faire ses devoirs à la maison. Gare aux têtes en l'air !
Les plus pressés sont déjà dehors. À la sortie de l'école, les parents attendent, des voitures font la file.
– Et alors, comment s'est passée cette première journée ? s'informe la maman de Cynthia.
– Regarde, maman, c'est Martine, ma nouvelle amie, répond celle-ci.

Les autres attendent le car. Les cartables s'entassent dans la cour de l'école. Stéphanie a récupéré son panier avec la souris blanche.

– Pourvu que Nicolas veuille bien la garder et qu'il ne la laisse pas s'échapper !

– Voici le car ! Le chauffeur rassemble les élèves à coups d'avertisseur.

Martine, le cartable sur le dos, enfourche sa bicyclette :

– Bonsoir !... À demain, Cynthia.

Elle est heureuse. Sa nouvelle copine a vraiment l'air sympathique !

– Au revoir, Martine ! Surtout n'oublie pas de déposer la lettre à la poste... la lettre pour le directeur du journal.

martine protège la nature

Textes de JEAN-LOUIS MARLIER

GILBERT DELAHAYE - MARCEL MARLIER

À plat ventre dans les hautes herbes, cachée par un tronc d'arbre, Martine retient son souffle.

Le soleil est chaud. Il lui brûle un peu la peau mais elle reste immobile.

Devant ses yeux, les grillons s'élancent d'herbe en herbe. Les fourmis s'activent en procession.

Là-bas, son amie Coccinelle la cherche. Elle a fini de compter et s'avance comme une lionne, prête à bondir sur sa proie.

– Martine, crie-t-elle soudain, si tu te caches dans les hautes herbes, fais attention... aux serpents !
– Des serpents ? hurle Martine qui, d'un bond, se redresse pour chercher un refuge.
Coccinelle éclate de rire. Elle rit tellement qu'elle en perd la respiration.

– Tu as triché ! s'indigne Martine. Attends que je t'attrape, tu vas voir !
La poursuite ne dure pas longtemps ; le rire et la chaleur arrêtent bien vite les deux amies qui se laissent tomber près d’une souche d’arbre.

– Pour me faire pardonner, je t'emmène dans ma cabane secrète, dit Coccinelle.

– Loin d'ici ? questionne Martine.

– Juste au-dessus de nous.

Martine lève les yeux.

Dans les arbres, trône une vraie petite maison.

– C'est génial. Tu dors parfois là-haut ?

– Oui, très souvent en été, répond Coccinelle. D'ailleurs, c'est ici que tu vas loger avec moi si cela ne te dérange pas !

– Me déranger ? Au contraire.

Martine est ravie.

Coccinelle est une nouvelle amie d'école.

Sûr qu'en acceptant son invitation pour le week-end, elle ne s'attendait pas à une telle aventure.

– Tu verras, il y a des lits et on y dort super bien. On peut même monter avec l'échelle de corde. C'est encore plus amusant.

Là-haut, on se sent en sécurité et les bruits de la nuit ne font plus peur.

Dès l'aube, Coccinelle réveille son amie.

– Debout, on part à la chasse.

– La chasse aux lapins ? marmonne Martine encore ensommeillée.

– Non, la chasse aux papillons !

– Où est ton filet ?

– Pas de filet. Je chasse seulement les images. Un petit appareil photo et puis... zou !

– Sur ces orties là-bas, on va certainement trouver des vulcains et des paons du jour.

– Des... vulcains ? Pourquoi sur les orties ?

– Parce qu'ils ne peuvent pas pondre ailleurs. Beaucoup d'insectes ne vivent qu'avec une plante précise. Sans elle, ils meurent. Donc pour avoir beaucoup d'espèces d'insectes, il faut beaucoup de plantes différentes. C'est pour ça que mon papa laisse pousser des herbes folles et que nous n'avons presque pas de gazon coupé à la tondeuse. Oh, regarde, voilà un paon du jour ! **Clic !** Vole, papillon, vole ! Ta photo est dans la boîte.

– Je vais te présenter mon papa, dit Coccinelle. Il est là bas, dans le grand étang.
– Là-bas ?
– Oui, là ! Tu vois bien. Le canard.
– Ton papa, c'est le canard ?
Martine ouvre de grands yeux.

L'oiseau et son nid de branchages s'élèvent soudain dans les airs et monsieur Charles regagne lentement la rive en portant sur la tête ce bien encombrant camouflage.
– J'ai des clichés magnifiques ! s'écrie-t-il, en brandissant son appareil photo.
Une espèce rare de libellule !

Martine l'écoute à peine tant cette ruisselante apparition l'a étonnée.

Le papa de Coccinelle pense qu'il est bon de donner quelques explications.

– Tu dois me prendre pour un fou. Pourtant, au moment où nous parlons, je suis en plein travail. Je suis entomologiste.

– Entomo... quoi ?

– Suis-moi et tu verras.

Le reste de la journée, les fillettes ont accompagné monsieur Charles dans son étrange métier.

Entomologiste, cela veut dire que l'on passe tout son temps à étudier les insectes. Parfois sur l'eau ou au-dessous de l'eau, parfois en haut des arbres, parfois couché sur le sol.

– Les insectes nous apprennent beaucoup de choses. Regarde ce nid de guêpes. Les alvéoles ont six côtés comme chez les abeilles. C’est la forme parfaite, idéale pour construire léger et solide. C'est tellement intelligent que nos ingénieurs s’en inspirent. Pour les avions ou les bateaux de course, les hommes copient ce que les insectes ont inventé il y a des milliers d'années.

À la loupe, au microscope... C'est passionnant d'observer les insectes ! Antennes, élytres, mandibules, Coccinelle connaît un tas de mots compliqués qu'elle explique à Martine.

– Regarde celui-là, dit Coccinelle. Il est coloré et brillant. On dirait un bijou... C'est un coléoptère.

– Un coléo... ? Martine se tourne vers son amie. À l'école, la fillette ne parle jamais de tout cela ; pourtant... elle en sait des choses !

– Dis, tu t'appelles vraiment Coccinelle ? demande Martine intriguée.

– Mon vrai prénom, c'est Anaïs. Mais depuis que je suis toute petite, j'adore les bêtes à bon dieu. Alors, papa m'a donné ce surnom qui me plaît bien !

On se remet en chasse ?

Mais ce n'est pas un insecte que les enfants découvrent en écartant les rhododendrons. Là, sur le sol, une mésange bleue est morte.

– Elle paraît toute jeune. Que lui est-il arrivé ? questionne Coccinelle soudain très triste. Son papa observe un instant le petit corps immobile.

– Elle a certainement été empoisonnée.

– Empoisonnée ?
Qui est assez méchant pour faire ça ?

– Notre voisin n'est pas méchant mais il pulvérise des produits toxiques sur ses arbres fruitiers pour détruire les chenilles. Si les chenilles sont empoisonnées, les oiseaux qui les mangent meurent aussi. C'est comme le poison contre les limaces que les gens mettent dans les jardins. Ce poison-là tue les merles et les grives musiciennes qui chantent si bien. Tu sais, Martine, sans les insectes : plus de fruits, plus de légumes, plus d'oiseaux dans le ciel... Et puis tous ces produits sont dangereux aussi pour les humains, dit tristement monsieur Charles en serrant Coccinelle contre lui.

– Ils sont fous ! Il faut leur dire d'arrêter !

– Nous essayons, reprend le papa... mais c'est très long !

– J'ai une idée ! s’écrie Martine.

– Nous allons organiser une grande journée des insectes, propose Martine. Avec des costumes… comme au carnaval et puis...
– Oh, oui ! ajoute Coccinelle. Un défilé dans les rues de la ville avec des pancartes et des banderoles. Tu vas nous aider, papa ?

Quand une idée est bonne, il ne faut pas hésiter à aller de l'avant.

Martine et Coccinelle ont rédigé une jolie lettre pour expliquer le projet. Grâce à internet, elles l'ont envoyée à tous leurs amis. Et pour trouver l'inspiration, les fillettes ont regardé les photos prises la journée.
– Je me verrais bien avec un costume comme celui de ce bel animal vert, dit Martine rêveuse.
– Une éphémère ? Et que dirais-tu de devenir un joli papillon, avec une trompe et des antennes ?
Ou alors un gros bourdon ?
– Ou une fine guêpe ?

libellule
perce-oreille
syrphes
guêpes
coccinelle
rhingie
grand nacré
petite tortue
bourdons
argus
grand nacré
paon du jour
guêpe qui sort de l'œuf
piéride du chou

Le jour dit, les volontaires sont arrivés nombreux et une couturière a pris la direction des opérations. Elle a dessiné les modèles selon les souhaits de chacun puis elle a distribué le travail.

Dans un bourdonnement de ruche, papier mâché, carton, tissu et fil de fer sont devenus des ailes, des yeux, et des antennes. En quelques week-ends voilà la petite troupe joyeuse et colorée prête à prendre son envol.

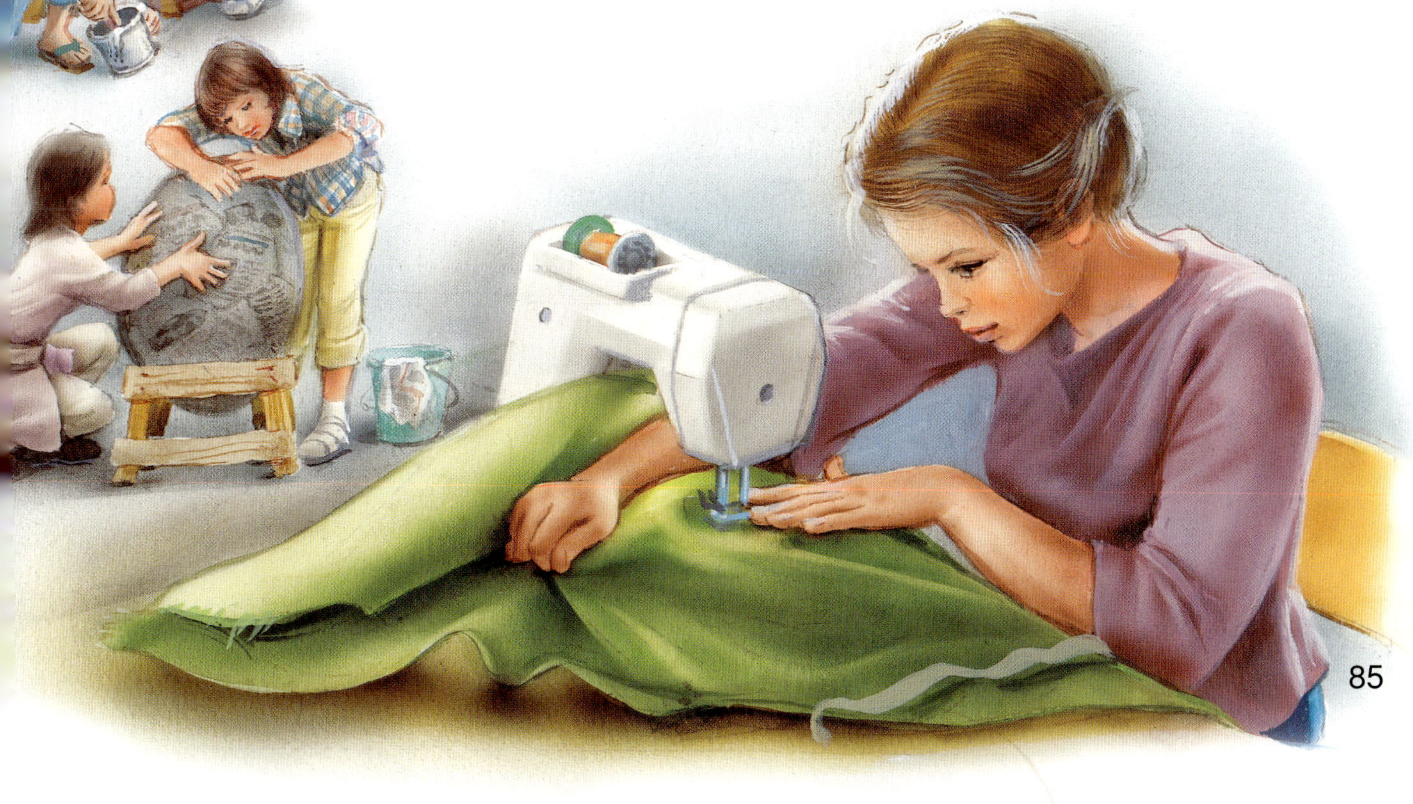

Quel succès quand tous ont déployé leurs ailes pour traverser le marché de la petite ville. Aux journalistes présents sur place, ils ont expliqué qu'ils ne voulaient plus de poison sur les champs ni dans les vergers.

Quand les téléspectateurs ont découvert les images à la télé, ils ont écrit pour dire qu'ils voulaient, eux aussi, revoir des papillons dans leur jardin. Une manifestation bien plus grande est prévue et, si tous se déguisent, ce sera une fête formidable.

Martine sait qu'elle a encore beaucoup à apprendre sur le monde fabuleux des insectes. Ces petites bêtes qui lui faisaient peur maintenant la passionnent. Peut-être qu'un jour, elle aussi deviendra entomo... chose. Entomo quoi déjà ?

Le seul dans cette histoire qui n'est pas très heureux, c'est Patapouf... Allez savoir pourquoi !?

martine, et le prince mystérieux

Textes de JEAN-LOUIS MARLIER

GILBERT DELAHAYE - MARCEL MARLIER

– Voulez-vous un autographe ?

Depuis qu'il a fait du cinéma, mon Patapouf se prend pour une star !

C'était à Venise, pendant les vacances de carnaval. Un grand metteur

en scène l'avait choisi pour jouer le rôle du compagnon d'Arlequin.
Chien fidèle, il apportait à son maître le cadeau de Colombine.
« Les acteurs sont maquillés ? En place. Silence… Action ! »
Une prise, deux prises… cinq prises… « Coupez ! »

Le cinéma, c'est amusant au début mais on s'ennuie très vite.
Moi j'aurais préféré être là-bas, dehors, dans cette ville
où il y a tant à voir.

Pendant la pause, je suis descendue au bord du canal.

J'écoutais le clapotis de l'eau quand, soudain…

– Hep, vous…

Quelqu'un m'appelait.

– Pouvez-vous m'aider ? a chuchoté le jeune garçon.

– Vous aider ? Comment ?

– Sautez dans la barque et ramez. Il faut nous éloigner au plus vite car des méchants veulent m'attraper.

Sans réfléchir, j'ai obéi.

– Merci. Vous sauvez la vie du dernier Prince de Venise, a continué l'étrange personnage après quelques instants. Mais ne restons pas ici. Il faut attacher la barque et s'éloigner encore avant qu'ils nous retrouvent.

Un prince poursuivi par des ennemis ? Quelle histoire et quelle course folle à travers la ville ! Des ponts, des escaliers… il faut de bonnes jambes pour fuir dans Venise. Mais fuir qui ? Où étaient-ils ces méchants dont le prince avait parlé. Étaient-ils derrière nous ou bien là, à nous attendre dans un coin sombre, cachés sous l'un ou l'autre masque ?

Moi, j'étais inquiète. Le prince semblait joyeux, comme s'il avait oublié la terrible menace.

De temps à autre, quelqu'un lui criait : « **Buongiorno, Pepino** ». À quoi il répondait d'un grand bonjour et d'un signe de la main. Moi, je me disais : pour un prince, il n'est pas fier et il a beaucoup d'amis.

– Êtes-vous certain que les méchants vous poursuivent encore ? lui ai-je demandé.

Il s'est figé…

– Là-bas ! a-t-il murmuré en remuant à peine les lèvres. Ils nous observent. Partons vite !

Nous avons couru, couru toujours plus loin pour ne nous arrêter qu'à l'abri d'une grosse colonne.

– Est-ce… que vous les voyez toujours ?

– Non, pour l'instant nous sommes hors de danger, mais restons sur nos gardes.

Sur la place, une petite fille m'a saluée comme si j'étais une grande dame. Il est vrai qu'avec le diadème et la jolie robe prêtés pour le film; je n'étais plus une simple fille nommée Martine mais quelqu'un d'autre, une princesse. Ça m'a donné une idée.

– Monsieur, ai-je lancé. Pourquoi ne pas échanger nos vêtements. Je suis persuadée qu'ainsi déguisé personne ne vous reconnaîtrait !

Le visage du garçon est devenu tout rouge.

– Moi ? En fille ? Vous êtes folle, je suis un prince !

– Oups, pardon ! J'ai dit une bêtise.

– N'en parlons plus, je vous offre un chocolat chaud, m'a dit le garçon.

Dans le restaurant somptueux, où nous sommes entrés, tous riaient et buvaient.

Mon prince a extirpé quelques pièces de son habit mais…

– Zut, je n'ai pas assez. J'ai… J'ai oublié mon or au palais, s'est-il excusé d'un air piteux.

Nous sommes donc ressortis sans rien boire… Voilà un drôle de prince.

Si vos ennemis sont si nombreux, pourquoi prendre le risque de courir dans la ville au lieu de vous cacher ?
– C'est que… a bafouillé le prince… je… je dois retrouver l'homme au masque à plumes rouges. Lui seul pourra me protéger.
– Un masque à plumes rouges ? Justement il y en a un, là-bas.
Le voyez-vous ? Venez vite.

Monsieur, Monsieur ! Le prince a besoin de vous, ai-je crié à l'homme qui semblait ne rien comprendre.

– Ce n'est pas lui, a chuchoté le garçon en me tirant en arrière. Il faut chercher encore.

Une aiguille dans une meule de foin. Comment trouver cet homme emplumé de rouge dans une ville aussi grande, si pleine de monde, de masques et de chapeaux extravagants ? Sans compter les méchants qui eux sont partout.

– Ne vous retournez pas. Là-haut, certains nous observent. Vite ! Éloignons-nous plus encore.

– Prince, ai-je dit, il est tard. Nous ne pouvons pas courir ainsi toute la nuit.

– C’est dommage, a-t-il répondu tristement, on s’amusait bien.

– S’amuser ? me suis-je exclamée, surprise.

– Enfin… s’est repris le prince, je veux dire… Mais vous avez raison, venez, je vais vous faire reconduire chez vous.

Sur le quai du grand canal, mon guide s'est approché d'une embarcation.

– Luigi, peux-tu raccompagner…

– « Martine », j'ai dit. Mon prénom, c'est « Martine ».

– Peux-tu raccompagner Martine jusqu'à son hôtel ?

Le rameur m'a fait signe de monter.

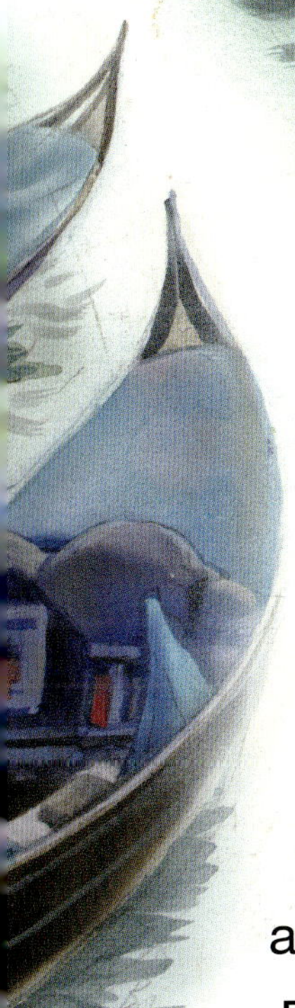

– Tandis que la gondole s'éloignait, là-bas le prince a crié :

– À demain, au même endroit. Je vous attendrai. Nous pourrons continuer nos recherches et puis j'aurai… j'aurai des pièces pour le chocolat.

Je lui ai fait un signe de la main.

– Il y a longtemps que vous connaissez le prince ? ai-je demandé au gondolier.

– Pepino ? C'est mon petit frère !

– Il n'est pas… Il n'est pas un vrai prince ?

L'homme a arrêté son geste pour me regarder en souriant.

– Vous savez, jolie demoiselle, ici, en cette période de l'année, chacun a le droit, s'il le veut, de s'imaginer prince ou… princesse.
Notre Pepino a beaucoup d'imagination. Il inventerait n'importe quelle histoire pour se sauver de la maison pendant le carnaval. Il ne faut pas trop lui en vouloir.
Je ne lui en voulais pas.

J'ai retrouvé mon Patapouf.

– Demain, lui ai-je dit, je te présenterai un prince.

– Un vrai prince ? a-t-il demandé.

– Aussi vrai que toi, tu es un grand acteur.

Ce soir-là, nous avons rêvé tous les deux, Patapouf à ses succès de cinéma, et moi… au prince Pepino.

http/www.casterman.com
D'après les personnages créés par Gilbert Delahaye et Marcel Marlier / Léaucourt Création.
Achevé d'imprimer en septembre 2010, en Chine.

Dépôt légal : Mars 2011 ; D.2011/0053/54.

Déposé au ministère de la Justice, Paris
(Loi n° 49.956 du 16 juillet 1949 sur les publications destinées à la jeunesse).